La vaca que decía OINK

La vaca que decía OINK

por

Bernard Most

Traducido por Teresa Mlawer

LECTORUM
PUBLICATIONS, INC.

LA VACA QUE DECIA OINK

Spanish translation copyright © 1994 by Lectorum Publications, Inc.
Originally published in English under the title
THE COW THAT WENT OINK
Copyright © 1990 by Bernard Most

This edition published by arrangement with Harcourt, Inc.

ISBN 978-1-880507-66-7 (PB)

RRDR   Printed in Mexico

Había una vez una vaca que decía OINK.

Las vacas que decían MUU
se reían de la vaca que decía OINK.

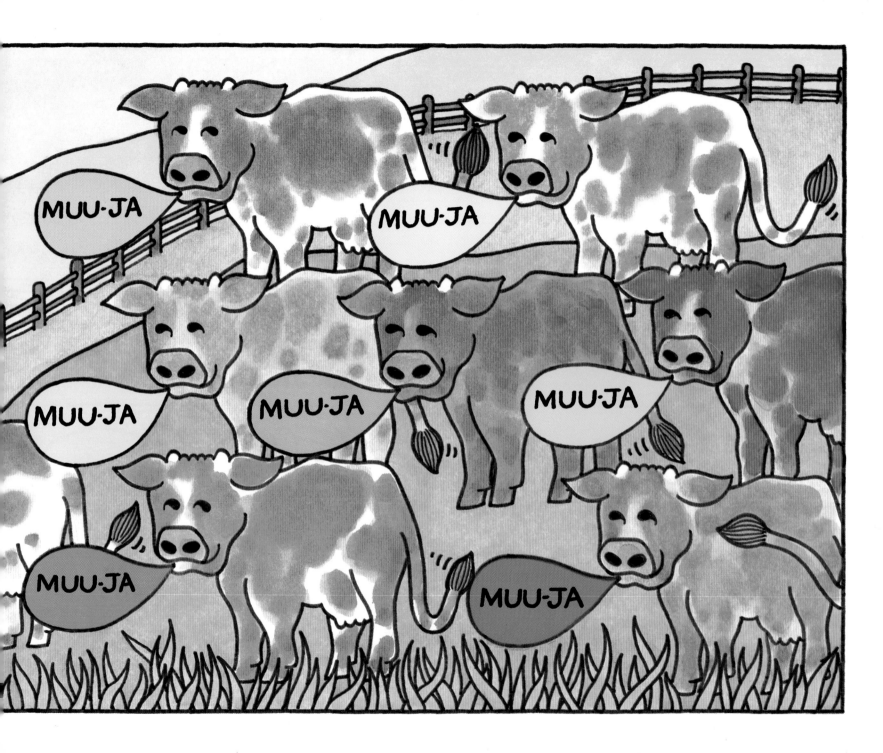

Y los otros animales de la granja también se reían de ella.

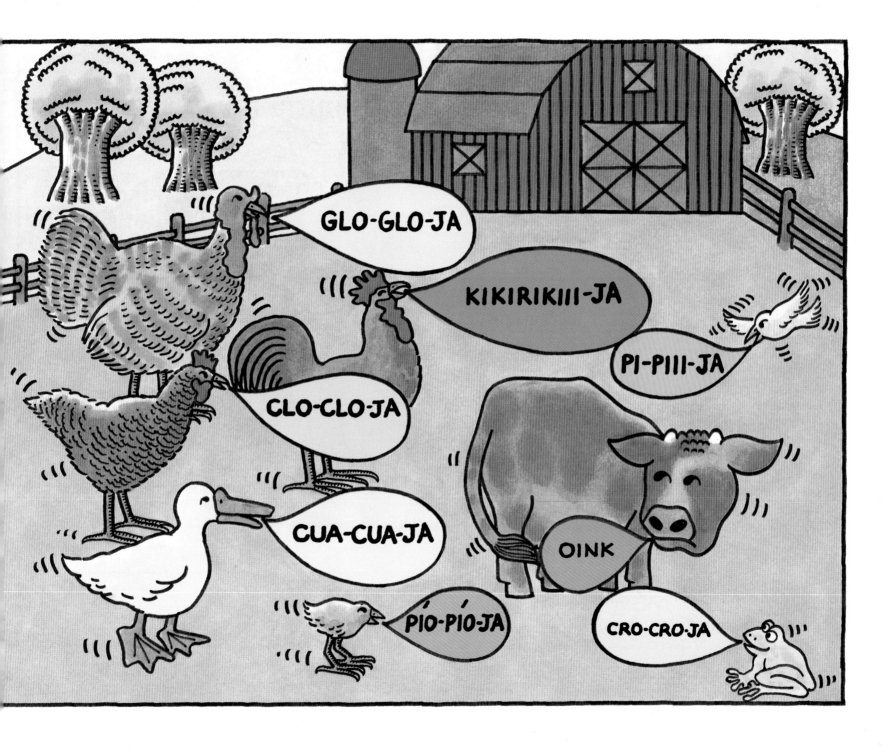

La vaca que decía OINK se sentía muy triste.

Era una cerdita que decía MUU.
¡Vaya sorpresa!

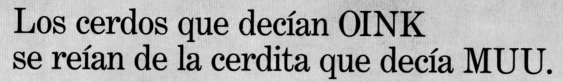

Los cerdos que decían OINK
se reían de la cerdita que decía MUU.

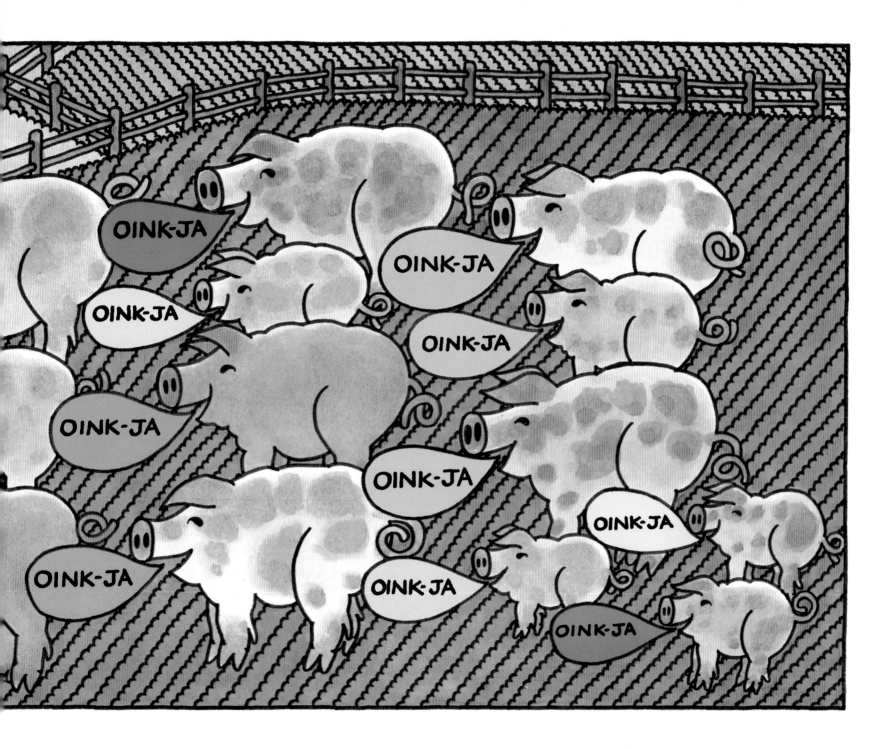

Y los otros animales también empezaron a reírse de ella.

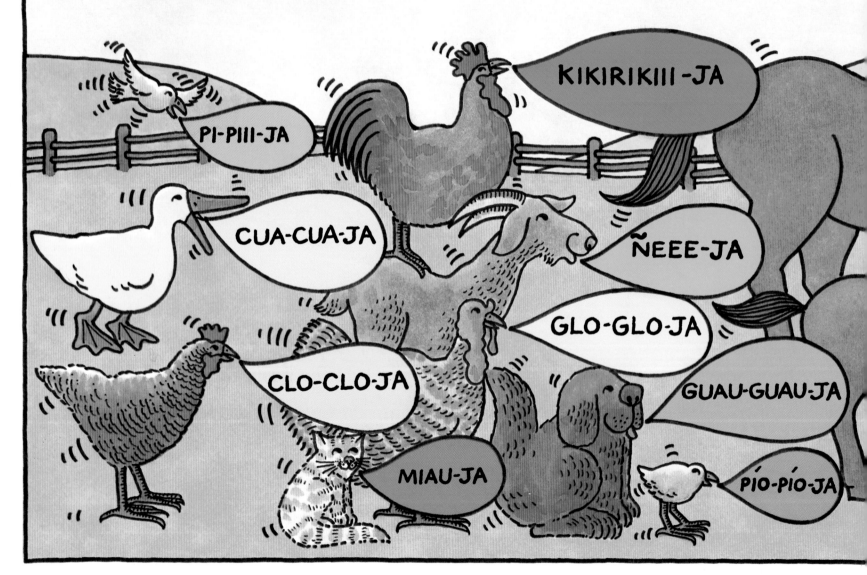

La cerdita que decía MUU se sentía muy triste.

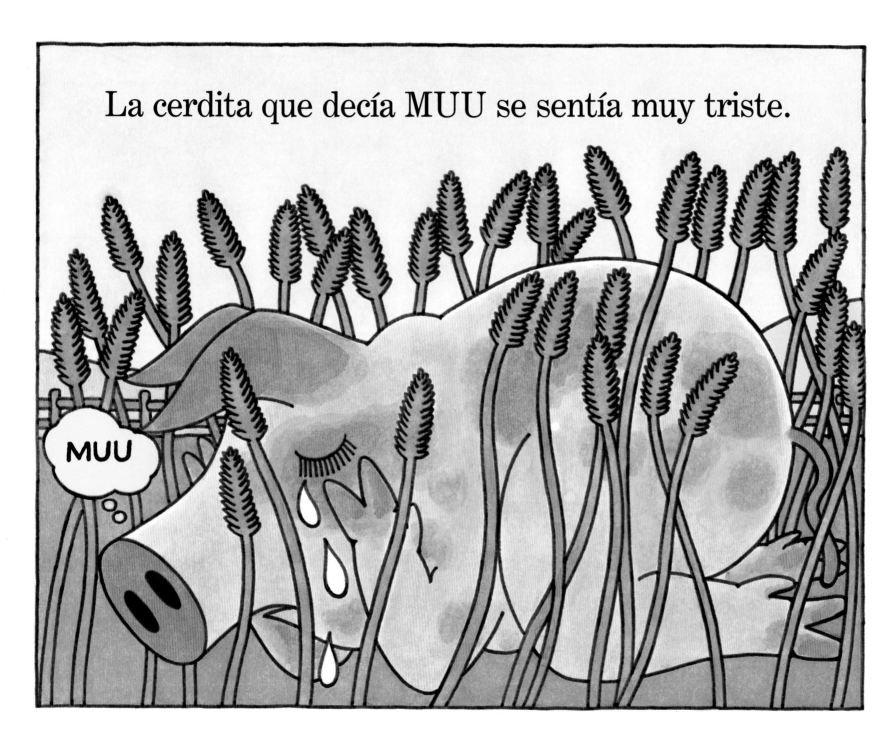

A la vaca que decía OINK se le ocurrió una idea:
enseñaría a la cerdita a decir OINK.

Así pues, la vaca que decía OINK dijo OINK muy fuerte, y la cerdita que decía MUU escuchó con atención.

El caballo, el burro y la oveja
se rieron burlones.

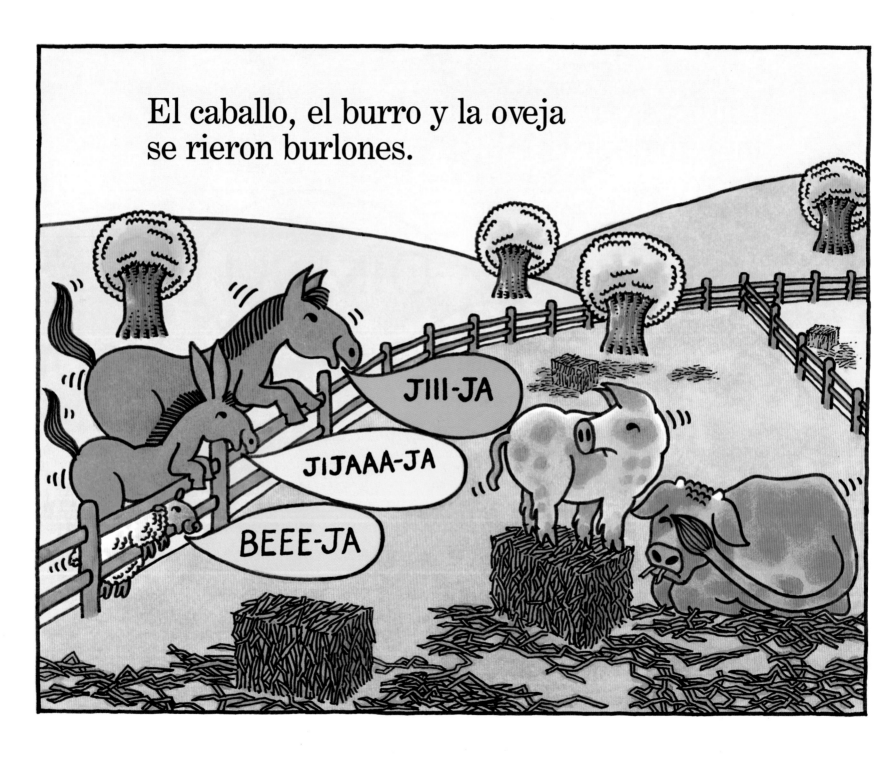

Pero la cerdita que decía MUU
no les hizo caso y siguió imitando a la vaca.

La cerdita que decía MUU lo intentó una vez . . .

y otra . . .

y otra más . . .

hasta que finalmente dijo OINK.

Ahora que la cerdita sabía decir OINK, intentaría enseñar a la vaca a decir MUU.

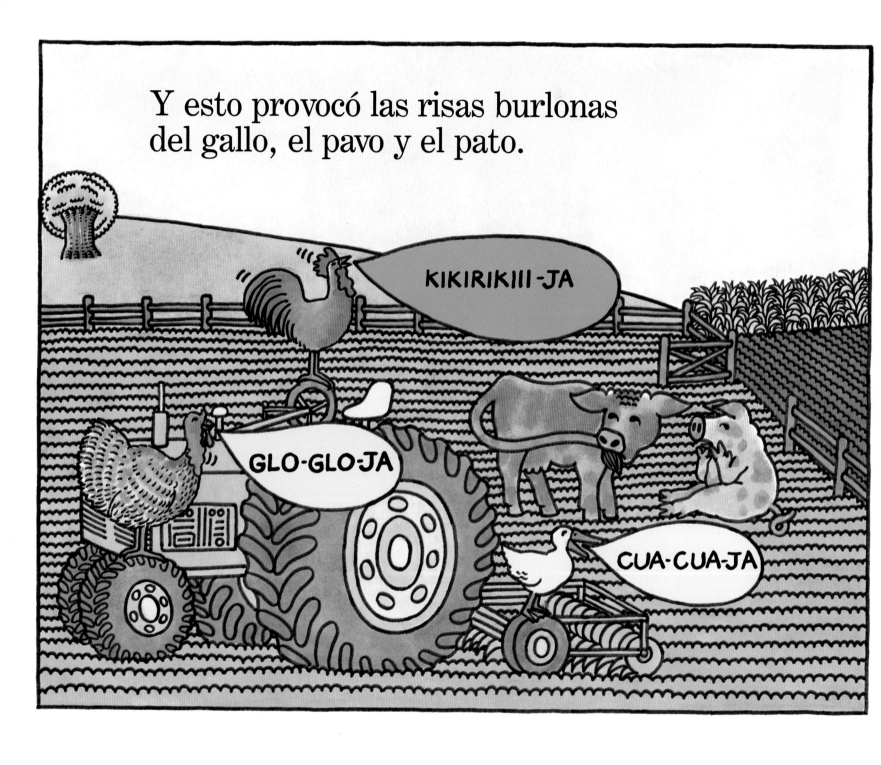

Pero la vaca no les hizo caso
y siguió imitando a la cerdita.

La vaca que decía OINK lo intentó una vez . . .

y otra . . .

y otra más . . .

hasta que finalmente dijo MUU.

La vaca y la cerdita estaban muy contentas.
Ambas podían decir MUU y OINK.

De todos los animales de la granja,
eran los únicos que podían decir MUU y OINK.

Al final, el que ríe el último, ríe mejor.